Lb 706.

Lb 706.

ESSAI

SUR LES PARTIS

ET LA PATRIE,

A PARIS,

CHEZ TOUS LES MARCHANDS DE NOUVEAUTÉS.

M. DCCC. XVI.

ESSAI

SUR LES PARTIS

ET LA PATRIE.

Voulez-vous connaître l'esprit public en France? cherchez tous les intérêts particuliers. Voulez-vous connaître les gens qui s'entendent? cherchez ceux qui ont un intérêt commun très-fort. Voulez-vous savoir quels sont les véritables amis du Roi, j'entends les amis politiques, les seuls vrais amis du souverain, comme souverain ? cherchez ceux dont l'intérêt est d'accord avec l'intérêt du Roi. Voulez-vous savoir enfin où est la patrie! cherchez dans l'opinion publique, où est l'intérêt le plus universel.

Avant 1789, il existait en France, non pas un intérêt universel, mais une illusion universelle qui en tenait lieu, et qui faisait que tout le monde, ou à peu près, appelait par ses vœux une révolution. Le paysan, instruit par tout ce qu'il avait gagné de liberté et d'aisance, voulait une révolution qui le rendît enfin l'égal de son seigneur. Le bourgeois voulait être l'égal du noble, que souvent il surpassait en richesses. La noblesse du second ordre voulait devenir l'égale de la noblesse de cour et des hommes dont le nom était historique. La haute noblesse voulait reconquérir dans l'État l'influence qu'elle avait eue jadis, et agir comme corps dans le gouvernement. Le clergé présentait, parmi les ministres de la religion, les subdivisions d'opinions correspondantes aux différentes classes auxquelles ces ministres appartenaient par leur origine. Tout le monde cependant était bien : mais ce bien même donnait l'idée du mieux ; et ce malheureux désir du mieux faisait que chacun croyait avoir un grand intérêt à changer..... L'exemple de l'Angleterre, celui de l'Amérique, la persuasion, bien erronée sans doute, qu'on était plus heureux dans ces deux pays qu'en France, faisait désirer une révolution qui nous procurât un bonheur semblable au bonheur imaginaire des Américains ou des Anglais..... Le Roi même, influencé par l'idée universelle d'un mieux possible, ne pouvait se refuser à désirer de rendre ses peuples encore plus heureux : et comme il employait pour y parvenir tous les moyens qui étaient en son pouvoir, il était naturellement porté à chercher des moyens nouveaux. Ainsi tout le monde voulait une révolution. Or, quand tout le monde veut une révolution, il n'y a réellement plus de patrie ; car la patrie, ou si l'on veut, le sentiment qui attache à la patrie et qui la donne, est bien moins l'amour du sol que celui du gouvernement qui régit la patrie, et l'attachement aux institutions qui constituent la société, ou la vraie patrie.

Ainsi les états-généraux s'assemblèrent, et par amour du bien public, chacun travailla de tout son cœur et de toutes ses forces à amener une révolution qu'il se flattait de diriger ensuite dans le sens de ses intérêts particuliers. Mais qui peut se flatter de diriger une révolution ? Beaucoup d'intrigans qui en profitent le promettent toujours, mais n'y parviennent jamais..... Quoi qu'il en soit, tous les partis semblaient alors d'accord, parce que mo-

mentanément ils voulaient une même chose :
tous demandaient les états-généraux, en dépit
de l'histoire de France, et quoiqu'il y eût
parmi eux des hommes très-savans ; et l'on
put dès-lors observer que presque toujours les
partis les plus extrêmes s'entendent pour un
premier résultat, dont ils espèrent faire ensuite leur profit séparément. Et en effet, le
proverbe qui dit que les extrêmes se touchent,
a des applications si multipliées en politique
révolutionnaire, qu'on est toujours étonné que
tout le monde n'en soit pas frappé.

Enfin le feu fut mis à l'artifice par la réunion
des états-généraux, et chaque parti s'élança
avec impétuosité dans la direction qui lui était
propre. Chacun de ces partis croyait entraîner
la France avec lui ; mais les plus méchans se
trouvant, comme il arrive toujours dans toute
désorganisation de la société, les plus nombreux, les plus forts, les plus adroits, ils fu-
rent en définitif ceux qui réussirent. Or, il y
avait quatre partis distincts, savoir : 1°. les
aristocrates, qui voulaient conserver la monarchie ancienne, et rendre à la noblesse une
partie de l'influence qu'elle avait eue autrefois

(5)

comme corps de l'État, influence que les rois
pouvaient bien regretter pour elle, après l'avoir
détruite, mais qu'ils ne pouvaient plus lui
rendre...... Ils étaient, on peut le dire, ils
étaient à cette époque les vrais amis du Roi et
les hommes de la patrie, parce qu'ils voulaient
en effet le maintien de l'ordre légitimement
établi ; mais s'ils étaient assez forts pour ré-
sister un moment au torrent qui entraînait la
France, ils ne l'étaient pas assez pour l'arrêter.
L'ébranlement était donné ; l'explosion révolutionnaire était commencée, ils devaient succomber et être anéantis, et en effet ils l'ont été.
Le second parti était celui des constitutionnels
purs, de ceux qui, rêvant au bonheur anglais
ou américain, voulaient changer la forme du
gouvernement et une partie des relations sociales, mais en restant fidèles à la race légitime. Le troisième était le parti des constitutionnels scélérats, c'est-à-dire, de ceux qui
croyaient que, pour changer avec avantage le
gouvernement de la France, il fallait d'abord
tuer le Roi, parce qu'on l'avait tué en Angleterre, et ensuite changer dans la race même la
ligne légitime, parce que les Anglais l'avaient

fait ainsi..... Ces deux partis étaient ceux qui donnaient le mouvement à la machine : le premier était nombreux ; mais comme il n'avait pas de chef positif, il était faible et devait être entraîné, froissé, brisé dans l'abîme révolutionnaire ; le second était moins nombreux, mais comme il avait un chef, il résista plus long-temps. Peut-être même il eût fini par l'emporter à la longue, si ce chef, misérable instrument des hommes affreux qui l'entouraient, eût pu se porter au crime par caractère et non par abandon. Le quatrième parti enfin était le parti révolutionnaire républicain, démocratique, ou plutôt démagogique, qui, d'abord caché dans l'ombre, mais bientôt s'élevant par des degrés rapides, et entraînant le peuple après lui, établit enfin une monstrueuse république sur les débris amoncelés de la société française. Conduit par des hommes atroces, mais habiles, ce parti chercha d'abord à anéantir autour de lui tous les partis qu'il avait vaincus ; et la même hache révolutionnaire frappa d'abord successivement, et bientôt après tous ensemble, l'aristocrate, le constitutionnel pur, le constitutionnel scélérat, enfin tous ceux dont le caractère pouvait, de quelque parti qu'ils fussent, inspirer quelque crainte, et surtout ceux dont la dépouille pouvait enrichir les chefs du parti. Hommes, femmes, vieillards, enfans, prêtres, nobles ou non nobles, tout fut immolé avec rage : la France fut inondée de sang et couverte de débris ; et cependant nous voyons aujourd'hui ceux qui l'ont ainsi traitée, et qui, nés dans la misère, ont acquis les richesses d'Attale, avoir encore l'impudence de dire qu'ils n'ont jamais été conduits que par le sentiment d'amour le plus désintéressé, et le plus pur pour leur infortunée patrie.

C'est par de tels hommes, cependant, et par de semblables moyens que s'établit enfin la république proclamée en septembre 1792 ; mais comme aucun des élémens dont peut se former une république n'existait et n'existe en France, la plus effroyable anarchie continua de remplir ce malheureux pays de crimes, d'impiétés, de désordres sans nombre. Ne pouvant gouverner l'État ni se diriger lui-même, le parti se divisa. Ses différentes subdivisions se firent une guerre de tigres, et par des triomphes successifs, toujours suivis de massacres, firent, en s'exterminant à l'envi, une sorte de justice de la plus grande partie des scélérats qui avaient fait le malheur de la France. Beaucoup d'assassins du Roi portèrent leur tête coupable sur le même échafaud où ils avaient fait tomber celle de leur maître. En un mot, comme disait le trop fameux Vergniaud, la révolution fit comme Saturne, elle dévora ses enfans. Roberspierre, dont la tyrannie avait été le résultat de la prétendue république, ou si l'on veut, avait été la république elle-même, trouva ainsi la peine de ses crimes. Mais Roberspierre périt de la main des hommes de son parti, parce qu'alors ce parti agissait seul en France, et travaillait seul lui-même à sa propre destruction. Le parti royaliste-aristocratique combattait, il est vrai, à la Vendée ou à l'armée de Condé, mais il n'avait pas d'action sur la France : le parti constitutionnel-scélérat avait fini avec la vie de son chef, immolé par ceux mêmes qui s'étaient servis de lui pour perdre leur pays. Le parti purement constitutionnel, ou si l'on veut constitutionnel - royaliste, n'était pas moins anéanti que les deux autres ; mais à la mort de

Roberspierre, ceux qui avaient renversé ce premier tyran, obligés de changer de système, ayant donné à leur république une forme de l'espèce dite *Gouvernement constitutionnel* ou *représentatif*, en formant un directoire exécutif et deux conseils, le parti constitutionnel-royaliste reprit alors quelque espérance : ses principes étant admis, ses partisans s'étendirent; et il parvint enfin à former une réunion assez forte dans le conseil des cinq-cents pour essayer de faire une révolution. Il était alors investi d'une véritable force, parce qu'il avait le Roi pour chef évident, quoique absent, et non avoué encore; et parce que les anciens royalistes-aristocratiques, ayant alors avec lui un intérêt commun très-fort, s'unissaient avec lui de cœur et d'intention. Or il est à remarquer que la France, qui voyait pour la première fois, depuis la révolution, l'aurore du bonheur, parut jouir, pour ainsi dire d'avance, d'une prospérité réelle; mais tous les maux n'étaient pas faits, et ce bonheur fut bien court.... Une première tentative avait été faite par les sections de Paris environ trois ans auparavant; mais le canon à mitraille du 13 vendémiaire, qui a fait Bonaparte empereur, bien plus que ses victoires, l'avait arrêtée au moment du succès : celle-ci, beaucoup plus forte et beaucoup mieux combinée, fut également arrêtée avant son exécution, et avec plus de facilité encore.... Son succès semblait assuré : le directoire divisé paraissait être au moment de succomber : on hésita, ce qu'un parti ne doit jamais faire; et tandis qu'on se piquait d'une fidélité ridicule à une constitution qu'on allait renverser, Augereau exécuta les ordres de Barras, et le 18 fructidor remit encore une fois la France aux mains de ce qui restait des hommes de la révolution. S'il se fût trouvé dans le directoire un homme assez fort pour s'emparer du pouvoir, il eût gouverné la France; mais comme un tel homme ne se trouvait pas parmi les misérables qui alors étaient à la tête de la misérable république, le parti révolutionnaire républicain s'empara de nouveau des affaires, et voulut ramener la France vers les illusions frénétiques qu'elle ne pouvait plus partager. Mais la leçon du malheur n'avait pas été tout-à-fait perdue. On sentait la nécessité d'un gouvernement plus concentré dans son action; on

croyait que le directoire n'avait pas pu gouverner, parce qu'il était trop nombreux, et
parce qu'il n'avait pas de chef; et la vérité
était, que déjà la révolution s'épuisait, et qu'on
revenait à la monarchie, à cause des maux
qu'on avait éprouvés, de ceux qu'on éprouvait
encore, et enfin de ceux dont on était menacé
pour l'avoir détruite..... Sur ces entrefaites,
Bonaparte revint d'Égypte : il trouva tout pré-
paré pour une révolution; et comme le parti
républicain était maître de la France, il se fit
le chef de la république. Il fit toutefois un pas
vers la monarchie, en se faisant nommer le
premier des trois consuls : il en fit bientôt un
second en se faisant nommer consul à vie; et
quand enfin il se fit empereur, chacun était
convaincu que la France ne pouvait être gou-
vernée que par l'autorité d'un seul. Ce fut ainsi
que Bonaparte, enfant de la république, arriva
juste à temps pour étouffer sa mère; et cependant, comme il y avait une tendance universelle
en France vers le gouvernement constitutionnel, il nous donna un gouvernement de forme
constitutionnelle, malgré son penchant à la tyrannie...Sans doute il a violé cent fois sa constitu-

tion ; sans doute il a abusé de toutes les manières de notre patience comme de notre sang ; mais comme il y a des maux qu'il ne nous a pas faits, parce qu'il n'a pas eu le temps de nous les faire, nous avons attribué à la nature du gouvernement, et à sa forme protectrice, le bien que nous avons conservé au milieu de tous les malheurs et de toutes les oppressions que notre habile tyran a su nous faire supporter : d'où il suit encore que la France entière veut un gouvernement constitutionnel dans sa forme ; et que quand le Roi, par l'acte de sa volonté, nous a ordonné de nous soumettre à la Charte, il a agi comme un bon père qui, pour punir ses enfans, leur ordonne d'être heureux.

Mais pour en revenir aux partis, quand Bonaparte arriva au faîte du pouvoir, aucun de ceux qui avaient agité la France au commencement de notre malheureuse révolution n'existait alors réellement. Il n'en restait, pour ainsi dire, que quelques traces, et il se hâta de les effacer. Il pacifia la Vendée ; il fit rentrer les émigrés ; et ouvrant une large porte à tous ceux qui voulaient s'unir à sa fortune, il s'attacha assez d'intérêts pour que son parti personnel fût bientôt le seul en France. Pour mieux anéantir les autres, il y prit tous les hommes marquans qui se donnèrent à lui, ou qu'il put séduire; et pour mieux se les attacher, il se hâta de les avilir aux yeux de leur ancien parti. Il chargea les républicains de cordons et de titres; il prodigua aux grands d'autrefois les honneurs de sa cour. Il combla de richesses tous les traîtres; et pour que rien ne pût lui échapper, il honora même quelquefois le mérite et la vertu, quand il n'avait pu les corrompre. Par ces moyens et par mille autres, par ses succès dans la guerre, et surtout par la terreur dont son nom était environné, il compléta tellement l'anéantissement de tous les partis, qui, dans la révolution, avaient déchiré la France, que, dans tout le cours de sa tyrannie croissante, aucun d'eux n'a fait d'efforts marquans contre son gouvernement, et que toutes les tentatives, de quelque parti qu'aient été les hommes qui les ont faites, ont toujours été dirigées contre sa personne. Mais que dis-je? quand il se fut perdu par sa propre folie, quand il eut été vaincu, deux fois vaincu, réduit enfin à se rendre, un

seul des anciens partis se leva-t-il pour l'écraser ? Le roi légitime parut ; tous les Français,
de quelque parti qu'ils eussent été, se jetèrent
dans ses bras, et la France fut sauvée.

Ainsi, quand le Roi remonta sur le trône de
ses ancêtres, il y remonta par la force même
des choses, par la protection divine ; et aucun
parti ne l'y porta, comme aucun ne s'y opposa,
parce qu'aucun parti n'existait réellement alors
en France....; mais il existait des passions, et
ces passions ont fait croire à des partis. Il existait des intérêts différens, et ces intérêts ont
produit des différences dans la manière de s'attacher à la monarchie légitime : car c'est vrai-
ment de cette manière que la France est aujour-
d'hui divisée, à l'exception d'un petit nombre
de scélérats qui voudraient sacrifier leur patrie
pour assurer de quelque manière que ce fût le
triomphe du crime, parce qu'ils seraient sûrs
d'y prendre part.... Examinons ces différens
partis, si l'on veut bien les appeler de ce nom,
et voyons quel est aujourd'hui leur rapport
avec les partis qui ont lutté avec tant de force
au commencement de la révolution.

Aujourd'hui tous les partis, c'est-à-dire

toutes les réunions d'intérêt qui diffèrent de
l'intérêt général, ont du moins cela de commun, qu'ils sont d'une égale faiblesse; et les
cent jours d'un côté, la restauration de 1814
et celle de 1815 de l'autre, sont des preuves
évidentes qu'aucun parti ne peut entraîner la
France dans le sens de ses intérêts particuliers....
Mais en voulez-vous d'autres preuves? Ecoutez
les partis eux-mêmes; voyez la crainte réci-
proque qu'ils s'inspirent....; voyez comment
chacun a peur de ceux qui ont encore plus
peur de lui.... Interrogez ensuite la France, et
voyez si, hors quelques salons d'un côté, hors
quelques clubs obscurs de l'autre, on désire
rien voir changer à l'ordre établi par le Roi....
Un parti quelconque aujourd'hui ne pourrait
triompher en France que par les fautes du parti
opposé, qui mettrait momentanément le Roi
et la nation dans l'intérêt du parti contraire;
mais ce parti serait bientôt vengé par la force
même de l'intérêt universel, qui maintient
aujourd'hui, et qui écraserait alors celui qu'il
aurait un moment favorisé.... Quel est d'ailleurs le parti qui pourrait réunir en France
une force matérielle égale à celle dont le Roi

dispose aujourd'hui?.... Ainsi, quel est le parti qui doit craindre, s'il sait unir son intérêt à l'intérêt du Roi, qui est celui de la France?.... Et quel est celui qui ne doit pas trembler à l'idée de se trouver un moment en opposition avec cet intérêt?.... Mais il convient toutefois, pour mieux établir cette vérité, d'examiner à part, et dans leur essence intime, ces partis, je dirais presque ces cotteries qui, par leurs noms, rappellent encore les partis de la révolution, mais qui n'en sont en quelque sorte que les mânes : ces mânes, j'en conviens, voudraient avoir des corps, et font croire aux esprits faibles que ces corps pourraient leur être rendus; mais le Styx est passé pour eux, et leurs efforts sont inutiles.....

Le premier de ces partis est celui des royalistes-aristocratiques anciens, qui s'intitulent royalistes purs, parce qu'ils n'ont pris, disent-ils, aucune part à la révolution. Beaucoup d'entre eux, il est vrai, ont, dans le cours de la révolution, courbé successivement le front devant toutes les idoles; d'autres ont fait pis encore; d'autres ont accepté ou recherché à la cour de l'usurpateur des places qui les appro-

chaient de sa personne, et même de son inti-
mité; d'autres enfin ont, pendant les cent jours,
prêté tous les sermens, signé tous les actes
additionnels voté dans tous les colléges électo-
raux, visité tous les champs de mai, etc. etc. ;
en un mot, ils ont fait toutes les démarches
qui pouvaient les réconcilier avec le tyran
rétabli.... Mais comme ce sont eux qui crient
le plus fort, les ignorans les regardent comme
les plus purs, et les habiles comme les plus
utiles.... La vérité est que tous ces hommes
sont pour ce parti ce que les renégats sont
pour les infidèles, c'est-à-dire, des hommes
auxquels on suppose que le retour est impossible, et qui, pour le mieux prouver, cher-
chent sans cesse à donner de nouveaux gages....
Quoi qu'il en soit, ce parti est néanmoins dans
la réalité celui des hommes du parti aristocratique ancien, qui ont conservé toutes les idées
de leur ancienne position; que la restauration
a trouvés justement au point où la révolution
les avait pris, sauf l'âge, et qui très-certaine-
ment y resteront quoi qu'il arrive.... Ce parti
était en effet au commencement de la révolution, ainsi que nous l'avons dit, le vrai parti

2

royaliste, le vrai parti de la patrie, parce qu'il voulait maintenir les institutions existantes et raffermir les bases déjà trop ébranlées de l'ancienne monarchie.... Mais aujourd'hui que le trône écroulé s'est rétabli sur des bases nouvelles; aujourd'hui que toutes les relations sociales sont changées, que tant de choses sont détruites et tant d'autres créées, que tant d'intérêts sont déplacés, et tant de souvenirs effacés; aujourd'hui enfin que l'intérêt du Roi, qui est toujours celui de la France, ne peut être que la stabilité de l'ordre légitimement établi, et la perpétuité des institutions légitimement fondées, comme les hommes de ce parti voudraient revenir vers ce qui est détruit, et détruire ce qui existe, ils ont cessé dans la réalité d'être le parti de la patrie, le vrai parti royaliste.... Beaucoup d'entre eux peuvent être sans doute attachés de cœur à la personne du Roi ou à sa famille; mais ils ne sont pas ses vrais amis, parce qu'ainsi que nous l'avons dit, les vrais amis des souverains sont les amis politiques.... Ils ne peuvent pas agir d'accord avec le Roi, parce qu'ils ont un intérêt qui n'est pas et ne peut pas être l'intérêt du

Roi comme roi; ils sont en un mot, à l'égard du Roi, ce qu'étaient au commencement de la révolution les hommes du parti constitutionnel, qui voulaient bien garder le Roi, mais qui voulaient changer le gouvernement, et placer le Roi dans une situation qui convenait à leurs vues; mais comme évidemment le Roi ne veut pas, ne doit pas, ne peut pas consentir à se laisser jamais guider par des intérêts séparés de l'intérêt général, il en résulte que leurs efforts pour l'y obliger sont même devenus ridicules.... Ce serait sans doute une preuve suffisante de la faiblesse de ce parti, que l'impossibilité d'avoir le Roi pour lui; mais à cette preuve il s'en réunit bien d'autres, et je vais essayer ici d'en produire quelques-unes.

D'abord il est à remarquer que tous les hommes de ce parti qui parviennent au pouvoir, cessent aussitôt d'appartenir au parti, et l'on ne peut pas en douter, puisqu'à peine un d'eux y est arrivé, qu'on entend ses anciens partisans s'écrier de tous côtés que celui qu'ils regardaient quelques jours auparavant comme leur espérance et leur gloire est gagné, séduit, changé et devenu pire que les autres.... En second lieu, ils n'ont pas d'accord dans leurs désirs, ni d'unité dans leurs intentions : tous, il est vrai, voudraient changer la Charte ; mais les uns voudraient la changer tout-à-fait, les autres en partie seulement ; et ceux-ci, dès qu'ils sont connus, sont à l'instant répudiés par les autres.... D'ailleurs ils n'ont pas plus d'unité d'intérêt qu'ils n'ont d'unité de but ; et en effet, il s'en trouve un grand nombre auxquels des intérêts très-forts ont été apportés par la révolution même : les uns ont partagé, par exemple, des biens considérables qu'il faudrait rendre à leur aîné, si le parti qui les croit à lui triomphait ; de sorte qu'ils se trouveraient pauvres de riches qu'ils sont devenus, et que leurs enfans seraient dans la misère, si ce qu'ils prétendent désirer arrivait. D'autres sont parvenus à des places qu'ils ne pourraient conserver, si l'ordre ancien, les vieilles relations sociales pouvaient être rétablies.... D'autres, qui n'appartenaient qu'à la partie obscure de la noblesse seraient obligés de faire des pas en arrière, auxquels ils ne sont pas disposés, parce que chacun ici-bas veut bien ôter l'égalité à tout ce qui s'est élevé jusqu'à lui ; mais il prétend la conserver à l'égard de ceux dont il a atteint la hauteur. Faut-il en dire davantage pour prouver que ce parti, que la révolution a toujours dominé, va s'affaiblissant sans cesse, et sans qu'il soit même besoin d'ajouter que dans ce parti même la génération nouvelle, qui prend part à l'ordre actuel, s'y attache, et ne se réunit pas aux idées de celle qui l'a produite?.... La vérité est cependant que plus ce parti diminue, plus il s'agite, plus il semble prêt à s'enflammer.... Mais comme il est plus qu'évident qu'avec le temps les hommes honnêtes et sages le quitteront par devoir, et les ambitieux par intérêt, on ne peut pas concevoir qu'un tel parti soit à craindre, et les cris du parti opposé sur les dangers dont ils prétendent qu'il les menace, prouvent la faiblesse ou la mauvaise foi de ce parti, ou plutôt prouvent l'une et l'autre.

Ce que nous venons de dire doit être suffisant pour rassurer les vrais amis de l'ordre et de la paix sur les efforts d'un parti qui n'en est pas un, puisqu'il n'a pas de chef; qui n'a point d'action sur la France, parce que les intérêts des individus qui le composent ne sont pas ceux de la France ; dont les efforts impuissans pour son propre triomphe tendent à mettre de plus en plus le Roi dans l'intérêt du parti contraire, qui n'a ni unité de but, ni unité d'action; qui diminue tous les jours, et ne peut pas se recruter; dont par conséquent enfin les écarts sont faciles à réprimer, mais doivent l'être dans l'intérêt même de ceux qui osent se les permettre..... Nous allons jeter un coup d'œil sur le parti directement opposé, et qui, si l'on en croit les hommes de celui-ci, menacerait encore la France d'un véritable danger.

Ce parti se compose de deux classes, savoir : 1°. de tous les hommes profondément révolutionnaires et pervers, qui ont survécu aux crimes dont ils ont été les auteurs, et que les malheurs qu'ils ont causés à leur patrie n'ont ni touchés ni éclairés.....

2°. De tous les hommes que haïssait à bon droit le sage et vieux Nestor, et qui n'ont ni tribu, ni patrie, ni foyer, ni justice..... Ce parti voudrait en effet, à quelque prix que ce fût, renverser la dynastie légitime ; mais comme il est en horreur à la France, qui ressent encore aujourd'hui les maux que ce parti lui a faits ; et comme son intérêt n'est celui de personne , il n'a pas de force réelle ; il n'a pour ainsi dire que celle que lui donnent les craintes du parti contraire et l'inconcevable persévérance avec laquelle il les publie..... D'ailleurs il est divisé : ainsi les uns , par exemple, voudraient nous rendre la république qui nous a donné Bonaparte ; les autres voudraient Bonaparte , qui nous a donné deux fois les Russes , les Anglais , les Allemands, les Prussiens ; d'autres voudraient la régence , pour nous donner le seul malheur que nous n'ayons pas encore eu , et qui vaudrait bien tous les autres. Les autres (et ceux-ci sont les successeurs immédiats des constitutionnels scélérats) voudraient introduire dans la race légitime elle-même une illégitimité qui leur donnerait du moins le précieux avantage de pouvoir dire à tous ceux qui voudraient obtenir des honneurs ou des emplois, et à la personne royale elle-même , comme on disait autrefois dans les clubs : *Qu'as-tu fait pour être pendu ?* D'autres enfin , ou plutôt tous, voudraient avoir un roi quelcon-

que, pourvu qu'il ne fût pas le bon, le légitime, celui du droit, de la justice, et, disons-
le, de l'intérêt commun..... Il ne faut pas un
long discours, je pense, pour prouver qu'un
tel parti, démasqué par vingt-cinq ans de
révolutions et de malheurs, qui est divisé en
lui-même et qui est odieux à tout le monde,
parce qu'il est également l'ennemi de ceux qui
ont perdu, de ceux qui ont acquis, de ceux qui
ont conservé, et de tous ceux qui possèdent, n'a
par lui-même aujourd'hui aucune action possible sur la France, qu'il se détruit chaque jour,
qu'il ne s'entretient que par sa rage, et qu'il
est facile à un gouvernement qui s'est donné
une si grande force, en s'unissant de principe
et d'action à l'intérêt national, de l'empêcher
de jamais nuire à la France et de le conduire
peu à peu vers sa fin, à moins que par ses
efforts il n'oblige l'autorité à l'écraser d'une
manière violente..... Espérons donc que la
terreur, ou feinte, ou puérile qu'affecte le parti
opposé, se dissipera avec le temps, et ne don-
nera plus aux ennemis de l'ordre et du bien
public cette renommée de force qui est aujour-
d'hui leur seule force, et qui empêche encore

beaucoup de Français de se livrer avec sécu-
rité à ces sentimens que nos pères faisaient
éclater avec une si noble franchise pour leurs
souverains légitimes.

Entre les deux partis extrêmes qui, dans aucun cas, ne peuvent entraîner la France par
leur force propre, que le gouvernement peut
toujours facilement réprimer, et qu'il doit,
pour leur intérêt même contenir dans les
bornes du devoir et de la raison, se trouve
placé le parti royaliste-constitutionnel, c'est-
à-dire dans ce moment les dix-neuf vingtièmes
de la France. Ce parti, sous quelque rapport,
par les principes de gouvernement qu'il pro-
fesse, remplace le parti constitutionnel de 1789;
mais par son but considéré à l'égard du gouvernement même, il remplace aussi le parti
royaliste-aristocratique, en ce sens qu'il est devenu le vrai parti royaliste, le vrai parti de
la patrie, puisqu'il est le parti de la monarchie légitime, telle qu'elle existe, telle que le
Roi l'a fondée au milieu de débris qui souvent
ne présentent même plus de traces de l'édifice
ancien, sur les fondemens duquel la charrue
du vainqueur a passé; telle enfin que le Roi

veut et doit la maintenir. J'ai dit qu'il remplaçait à peu près pour les principes le parti constitutionnel de 1789; et en effet, il a adopté la partie de ces principes qui s'est trouvée en quelque sorte réclamée par l'opinion universelle; mais il a reconnu en même-temps beaucoup de principes conservateurs de la véritable autorité royale, que rejetaient les constitutionnels anciens, mais que demandaient impérieusement l'état de la nation et la position de la France; et c'est ce qui précisément fait aujourd'hui sa force et celle du gouvernement. Ce parti présente aussi une autre ressemblance avec celui de 1789; c'est qu'il a comme lui une subdivision, une espèce d'annexe; et ce qui est fort remarquable sans doute, c'est que cette annexe est précisément le parti de 1789 lui-même. En effet, cette subdivision se compose des hommes qui, rêvant encore à la constitution anglaise pure, et même au gouvernement américain, veulent appliquer leurs rêveries à la France, quels que soient d'ailleurs sa position et son état, plutôt que de chercher les idées réellement applicables à l'état de la France et à sa position.

Cette subdivision du parti royaliste constitutionnel, qui ne sent pas que ce que nous
avons obtenu de constitution anglaise nous
coûte assez cher pour que nous ne voulions
pas risquer d'acheter le reste au même prix,
n'appartient toutefois au parti royaliste - constitutionnel que par le rapprochement des principes ; mais dans son action elle s'unit entièrement au parti royaliste-aristocratique ancien,
et celui-ci la regarde comme son plus puissant
auxiliaire. En effet, le parti aristocratique ancien voudrait renverser la Charte, et cette
subdivision du parti constitutionnel voudrait
la changer : ils veulent par conséquent tous
les deux la détruire, et voilà pourquoi ils s'entendent. Ils s'entendent même sous ce rapport,
mais sans se concerter, avec le parti révolutionnaire, qui veut aussi détruire la Charte,
parce que la Charte a mis fin à la révolution ;
et ce parti leur fournit quelquefois des cham-
pions qui, revêtant pour un moment leurs
armes, et arborant leurs couleurs, combat-
tent dans leurs rangs avec une grande déter-
mination, pour mieux assurer leur ruine.
Mais, dans la réalité, il en est de cette triple

alliance, dont le but est une révolution préa-
lable quelconque, comme de toutes les coali-
tions ; un calcul momentané les réunit, mais
un intérêt perpétuel les divise ; et comme ils
savent qu'intérieurement ils ont réciproque-
ment l'intention de se détruire, après avoir
triomphé en commun , ils sont toujours prêts
à se séparer, et même à se déchirer..... Quoi
qu'il en soit, le parti royaliste-constitutionnel
qui , au commencement de la révolution,
devait être écrasé parce qu'il était modéré et
faible, parce qu'il n'avait pas de chef , parce
qu'il était factieux, en ce sens qu'il voulait
changer la constitution de son pays et détruire
les intérêts existans, aujourd'hui doit l'emporter, parce qu'il est modéré et fort, parce
qu'il est réellement le seul où tous les hommes
soient entièrement de leur parti, parce qu'il
a le souverain légitime pour chef nécessaire,
parce qu'il a pour lui la masse de la nation,
parce qu'il est enfin le vrai parti de la patrie,
et parce qu'il veut le maintien de la constitution existante, et l'affermissement des institutions légitimement fondées et admises..... Il est
d'ailleurs à remarquer qu'il se fortifie tous les

jours, tandis que les autres s'affaiblissent, parce que lui seul il peut offrir des récompenses présentes à ceux qui se donnent à lui, parce que chaque jour les passions de beaucoup d'individus se calment, ne fût-ce que par l'effet de l'âge et du temps; parce qu'à la longue le sentiment du devoir, quand surtout il est d'accord avec l'intérêt bien calculé, finit par l'emporter dans le cœur de la plupart des hommes; parce que ceux qui ont acquis, mais qui n'ont conservé qu'en partie, et ceux qui ayant perdu n'ont aussi récupéré qu'en partie, s'entendent pour demander la stabilité de l'ordre actuel, de peur qu'une révolution, qui dépouille toujours ceux qui possèdent, ne leur enlève encore ce qu'ils ont gardé ou recouvré; parce qu'enfin dans le parti constitutionnel-royaliste il y a unité évidente d'intérêt, de but, d'intention; caractère qui n'appartient qu'à un parti légitime : tandis que dans les partis extrêmes il n'y a ni unité, ni but, ni accord d'intention, et que personne n'y est, en un mot, du parti dont il prétend être, ni de l'opinion qu'il soutient, ce qui est un des caractères nécessaires des partis qui sont en opposition avec l'autorité légitime.... On peut donc prévoir le moment, et ce moment désormais ne peut pas être loin de nous, où la force du parti royaliste-constitutionnel sera si évidente, et celle des partis extrêmes si évidemment réduite, qu'il sera impossible, sans se couvrir de ridicule, de témoigner la plus légère crainte de l'un quelconque de ces partis, fût-on même du parti contraire.

CONCLUSION.

Réduisons enfin la question à ses véritables termes. Aucun parti ne peut espérer réellement aujourd'hui de faire une révolution dans le sens de ses intérêts particuliers, parce que d'abord la force d'opinion et la force matérielle sont entre les mains de l'autorité légitime, et hors de proportion avec les forces de tous les partis même réunis; en second lieu, parce que tous les partis sentent très-bien que, dans la position où nous sommes, le résultat immédiat d'une révolution, quelle qu'elle fût, serait la perte entière de la France et la leur propre. Il est à remarquer d'ailleurs que les partis, à l'exception d'un petit nombre d'hommes ambitieux ou fanatiques, désirent bien moins un changement dans le sens de leurs intérêts, qu'ils n'en craignent un dans celui des intérêts du parti contraire; d'où il résulte évidemment que les hommes de la révolution veulent, plus qu'ils ne pensent, la stabilité d'un gouvernement qui, en arrêtant la révolution, a admis les résultats que le temps avait consacrés, et que les hommes opposés à la révolution veulent plus qu'ils ne croient la stabilité d'un ordre de choses qui, s'il les prive d'un espoir de retour vers ce qui est à jamais détruit, arrête du moins le mouvement révolutionnaire qui pouvait consommer leur perte. Mais il y a des ambitions particulières qui, tant qu'elles ne sont pas satisfaites, s'agitent avec violence et sont prêtes à perdre l'État pour essayer d'arriver à leur but; il y a des haines, et surtout des craintes, qui font que ceux qui les éprouvent sont toujours prêts à immoler leur patrie à quiconque veut leur promettre de les garantir ou de les venger de leurs ennemis; il y a des amours-propres qui ne veulent pas composer avec la nécessité même; il y a des intérêts qui alarment, et d'autres qui sont alarmés; et voilà ce qui cause en France cette espèce d'agitation qui, chaque jour, diminue sans doute, mais qu'on y remarque encore. Mais il est à remarquer aussi, que plus le temps marche, et plus les amours-propres s'accoutument aux positions dans lesquelles la nécessité les maintient, plus aussi les haines s'apaisent, plus les craintes se calment, plus les intérêts se neutralisent, en se fondant en quelque sorte dans l'intérêt général; et quant aux ambitions particulières, vraies causes agissantes dans les questions qui nous divisent, plus nous avançons, et plus on reconnaît que l'envie d'obtenir des places est ce qui fait agir les hommes qui animent aujourd'hui les restes de nos partis et veulent les réveiller de leurs cendres : par conséquent aussi, plus nous avançons, et moins on attache d'importance à ces hommes et à leurs discours. D'ailleurs on reconnaît mieux chaque jour, par de nouveaux exemples, que les hommes de parti qui arrivent au pouvoir, deviennent, aussitôt qu'ils y sont parvenus, les hommes de l'État, et cessent d'être les hommes de leur parti; d'où il résulte encore, que plus nous avançons, plus l'*opposition* change de nature,

plus elle s'éloigne de cet état d'hostilité à l'égard
du gouvernement et de l'intérêt national, dans
lequel il est certain qu'elle existe encore aujourd'hui; plus elle tend à devenir au contraire
une simple et utile rivalité entre les hommes
de talens qui sont au timon de l'État, et ceux
qui veulent y parvenir, mais sans que la dé-
faite des uns ni le triomphe des autres puissent
intéresser fortement la nation, ni compro-
mettre sa stabilité politique. Espérons donc
que nous atteindrons quelque jour cet heureux résultat; mais reconnaissons en même-
temps combien il est loin de nous : espérons
que le sentiment de la patrie le fortifiera dans
tous les cœurs à mesure que le temps, en nous
rattachant au gouvernement légitime, nous
fera mieux apprécier les avantages des formes
protectrices de notre organisation politique et
des institutions sur lesquelles elle repose, et
faisons tous nos efforts pour y parvenir. Ces
institutions, je le sais, sont nouvelles; mais
celles par lesquelles on les remplacerait seraient plus nouvelles encore; celles-ci, sans
compter d'ailleurs que le germe qui les a pro-
duites est antérieur à la révolution même,

ont déjà trois années d'existence positive, et quelque faible qu'il soit, cet avantage est précieux à conserver. Leurs bienfaits dans ces trois ans n'ont-ils pas été d'ailleurs constatés et appréciés, tandis que les inconvéniens que l'on annonçait et que l'on redoutait ont été démontrés nuls? N'ont-elles pas enfin résisté déjà à une épouvantable révolution? et n'ont-elles pas résisté même aux attaques de ceux dont le devoir était de les soutenir, et aux efforts que les hommes qui devaient les faire marcher faisaient au contraire pour les entraver? Français! n'en doutons plus, c'est là qu'est la patrie! c'est là qu'est le repos! c'est là qu'est le bonheur!..... et sans nous inquiéter désormais des intérêts des factions, sans craindre leur vaine puissance, voyons où est notre devoir, et reposons-nous du reste sur la sagesse de notre Roi.

FIN.

DE L'IMPRIMERIE DE CRAPELET.